KB130363

49일 밤의 꿈

김남웅

49일 밤의 꿈

저　　자 김남웅

저작권자 김남웅

1판 1쇄 발행 2020년 9월 10일

발 행 처 하움출판사
발 행 인 문현광
교　　정 김은성
편　　집 조다영
주　　소 전라북도 군산시 축동안3길 20, 2층(수송동)
I S B N 979-11-6440-683-8

홈페이지 http://haum.kr/
이 메 일 haum1000@naver.com

좋은 책을 만들겠습니다.
하움출판사는 독자 여러분의 의견에 항상 귀 기울이고 있습니다.

이 도서의 국립중앙도서관 출판예정도서목록(CIP)은 서지정보유통지원시스템 홈페이지(http://seoji.nl.go.kr)와
국가자료종합목록 구축시스템(http://kolis-net.nl.go.kr)에서 이용하실 수 있습니다.(CIP제어번호 : CIP2020036432)

· 값은 표지에 있습니다.
· 파본은 구입처에서 교환해 드립니다.
· 이 책은 저작권법에 따라 보호받는 저작물이므로 무단전재와 무단복제를 금지하며,
  이 책 내용의 전부 또는 일부를 이용하려면 반드시 저작권자와 하움출판사의 서면동의를 받아야 합니다.

49일 밤의 꿈

이야기 모음

사기꾼과 사이비 교주가 투옥되었다. 교도관은 호기심 많은
아가씨였다. 세 사람은 지루해서 하룻밤에 한 사람씩 하나의
이야기를 했다.

창조

처음에 위대한 존재가 하나 있었다. 그는 세상을 만들기 위해 자신을 셋으로 나누었다. 빛과 시간과 어둠이었다. 셋은 이세상을 만들고, 맨 마지막에 사람을 만들었다. 그러면서 빛은 사람에게 용서를 주고, 어둠은 사람에게 뻔뻔함을 주고, 시간은 사람에게 죽음을 줬다.

<u>뽀뽀</u>

두 명의 불교 신자가 길을 걸었다. 비가 왔고 우산은 작은 거로 하나였다. 둘은 사이좋게 비 맞으며 집에 왔다. 우산 주인인 신자는 다른 신자가 씻을 때 몰래 울었다. 천사가 물어보자 그는 말했다.

"나에게 뽀뽀해 줄 수가 없어서요."

말 잘하는 사람

서기 1911년. 어느 선비는 말 잘하는 사람을 싫어했다. 그는 말했다.

"말로는 세상을 구할 수 없으니, 나는 말 잘하는 사람을 경멸한다."

지나가는 무기 공장 노동자가 말했다.

"선비님도 말을 잘하십니다."

단어

어느 승려가 말했다.

"세상 사람들이 가장 많이 쓰는 단어는 '나'다. 이걸 '우리'로 바꾸고 다시 '모두'로 바꿔 사랑을 넓고 깊게 할 수 있다면, 그런 사람이 있다면, 모두는 그에게 인사하고 우린 그를 존경하며 나는 그를 사랑할 거다."

어부

어느 사람이 말했다.

"물고기를 하나도 잡지 못했어도 바다에 나가 투망질 해 땀 흘린 사람은 어부라고 할 만하지 않습니까?"

아들과 아비

도둑 잡은 경찰이 있었다. 도둑은 아들이고 경찰은 아비였다.

아비는 말했다.

"넌 귀신 들린 자다. 넌 교도소에 갈 거다."

도둑은 말했다.

"말 똑바로 해라. 세상에 어느 물이 아래에서 위로 흐르는 법이 있다더냐?"

봄

눈사람이 녹아내려 죽었다. 아이들은 울고, 어른들은 잔치를 열었다. 벚나무들은 수군거렸다. 지나가는 마법사가 물어보자, 벚나무들은 대답했다.

"더 예쁜 꽃을 피워 아이들을 웃게 해야 하는 부담감에 다들 고민 중입니다."

즐거운 강의 시간

모든 사람을 사랑해야 한다는 종교 지도자의 말에 어느 한 남자가 말했다.

"옆집 아줌마와 내 엄마를 어떻게 다 사랑할 수 있겠습니까?"

종교 지도자는 말했다.

"차별은 사랑이 아닙니다."

남자는 다시 말했다.

"살인자와 봉사하는 의인을 차별 없이 사랑한다면 정의는 어디 있습니까?"

종교 지도자는 남자에게 나가라고 말했다.

여승과 소년

어느 한 가난한 여승이 얼어 죽어가는 소년을 길에서 보고 자기 방으로 업고와 안아서 살렸다.

권리와 질서

어느 정치가가 말했다.

"어느 한 사람이 자기 권리를 말한다고 그 주장을 당장 실행에 옮길 순 없다. 한 사람의 권리를 위해 만 명이 따르는 질서를 무너뜨린다면 세상이 어찌 되겠나? 또 모두를 만족시키는 건 불가능하기에, 그 한 명은 다시 생긴다. 그리고 이것이 내가 혁명을 혐오하는 이유다.

.

도덕

어느 나라의 왕이 노승을 불러 말했다.

"도덕이란 무엇이오?"

노승은 말했다.

"도란 인간으로서 반드시 지켜야 하는 거고, 덕은 인간으로서 지키면 좋은 일을 말합니다. 도는 반은 무너져 있고 나머지는 법과 원칙에 의해 겨우 지켜지며, 덕은 다 무너진 지 오래입니다."

친구

어느 부자가 손님맞이 하는 방식은 이랬다. 부자가 말했다.
"당신은 외로운가요?"
그는 말했다.
"네."
부자는 그를 안으로 들이며 말했다.
"어서 들어오세요. 외로움의 친구면 내 친구이기도 합니다."

내일

어느 한 소녀가 전장으로 가는 군인에게 편지를 줬다. 군인은 군용트럭 안에서 그 편지를 봤다.

'내일의 사기는 들통나고 죗값으로 자신임을 증명한다고 합니다.'

지도자와 독재자

어느 학자가 말했다.

"세상에 아무리 훌륭한 지도자가 나와도 비판받지 않을 순 없다. 완벽한 지도자란 없기 때문이다. 오히려 비판받지 않는 지도자는 위험하다. 그는 자신의 과오를 모르고 자신이 행한 일을 다 업적으로 생각해 점점 더 깊은 독재의 길로 빠지게 되기 때문이다.

세상과 사람

어느 이야기꾼이 말했다.

"노래를 위해 자지 자른 소년. 꿈보다 돈을 사랑하게 된 청
년. 다 늙어 자기 재능을 알게 된 천재의 자살. 세상에 물들어
우린 세상을 버린다."

기도

한 사람이 말했다.

"나는 그대에게 잘해준 게 없는데, 그대는 왜 나를 위해 기도하십니까?"

그가 답했다.

"당신을 위해 기도하면 알 수 없는 힘이 납니다. 그래서 힘이 들 때마다 당신을 위해 기도합니다."

집

어느 건축학 교수가 말했다.

"건축가가 천 년을 생각하고 집을 지으면 백 년은 가고, 백 년을 생각하고 집을 지으면 십 년은 간다. 그러나 계산기만 두드린다면 그 집이 온전할 수 있겠나?"

이성애자

세상에서 가장 위대한 사기꾼이 누구냔 질문에 모두 오답을 냈다. 사람들은 '지혜'에게 가서 답을 구했다. '지혜'는 사람들에게 말했다.

"답은 이성애자다."

사람들이 다시 물어보자 '지혜'는 답했다.

"사람은 태어나서 적어도 한 번은 자신을 사랑한다."

신발

　새하얀 운동화가 낡고 낡아 회색이 되었다. 빨아도 돌아오지 않을 정도였지만 굉장히 관리가 잘 되어 있었다. 어느 구두 수선공이 운동화 주인에게 물었다.

　"어떤 신발을 가장 좋아하나요?"

　그는 웃으며 그 낡은 회색 운동화를 가리켰다. 구두 수선공이 이유를 물어보자 그는 말했다.

　"이 운동화가 가장 나입니다."

즐거운 강의 시간 2

어느 종교 지도자가 말했다.

"삶은 신이 주신 축복입니다."

어느 학생이 말했다.

"죽을병 걸려 괴로워하는 나이 어린 사람에게 '죽지 마라'라고 말하는 것과 '편히 가라'라고 말하는 것 중 어느 게 더 옳은 말입니까?"

종교 지도자는 말했다.

"강의를 방해할 거면 나가주게."

학생은 계속 질문을 하다가 신도들에게 끌려 나갔다.

마법사와 거지

어느 한 마을에 영원히 살기 위해 살인하는 마법사가 살았다. 많은 용사들이 그의 손에 죽었다. 어느 한 거지가 그를 죽이고 오겠다며 떠났다. 사람들은 비웃었다. 5년 뒤 마법사가 죽었다. 마을 사람들은 잔치를 열었다. 그런데 한 명이 울고 있었다. 사람들이 물어보자 그는 답했다.

"친구가 죽었습니다."

행하다

어느 젊은 승려가 어느 노승에게 말했다.

"어찌하면 세상을 구할 수 있습니까?"

노승은 대답했다.

"나는 잘 모르나, 세상은 알지 않겠습니까?"

젊은 승려가 다시 말했다.

"세상은 어딜 가야 만날 수 있습니까?"

노승은 말했다.

"승복을 벗고 속세로 가세요."

젊은 승려는 승복을 벗고 속세로 갔다. 그가 세상에서 뭘 했는지는 기록이 일부 유실돼 모르나, 분명한 건 그가 살아생전 세상을 위해 뭔가 했다는 거다.

무신론자의 주장

어느 무신론자가 말했다.

"용서는 상대방이 자기가 저지른 행동이 죄임을 인정할 때 시작될 수 있다. 그러나 보라, 세상에 어떤 사람이 자기 죄를 인정하는가. 그러나 크든 작든 남을 힘들게 하는 건 죄다. 그리고 그걸 모르는 사람은 없다. 아, 뻔뻔하기 짝이 없는 너, 인간이란 존재여! 만약 신이 있다면 인간은 신의 최고의 실패작이다."

잃어버린

어느 중년 남성이 말했다.

"나는 인생에 있어 잃어버린 걸, 아주 잃은 사람들을 안다. 청춘의 꿈을 잃고 사채업으로 거부가 된 동창과 그와 비슷한 삶을 꿈꾸는 다른 모든 동창들, 그리고 그들을 버린 나."

꽃다발

향기로운 꽃다발을 선물 받은 소년이 있었다. 그런데 못생긴 꽃이 섞여 있었다. 소년은 못생긴 꽃을 버렸다. 그러나 아무리 맡아도 향이 나지 않았다. 소년은 다시 가 버린 꽃을 안고 울었다.

마지막 악당

지구에 마지막 악당이 있었다. 그는 손이 부드럽고 얼굴이 희며 쉽게 수줍어하는 악당이었다. 어른들은 그가 관둘까 봐 몰래 그를 위해 기도했다.

비리

어느 교수가 말했다.

"커다란 배를 가라앉게 하는 건 작은 구멍이고, 한 국가를 무너뜨리는 것도 이와 다르지 않다. 세상에 아무리 사소한 거라도 작은 비리는 없다. 철저히 조사해 징벌하지 않으면 나라는 안에서부터 썩는다. 그러므로 정치인은 비리가 먼지만큼이라도 있으면 물러나야 한다. 그렇지 않으면 그 나라는 머지않아 반드시 망한다."

꿈

어느 사람이 꿈에서 황금돼지를 봤다. 그는 복권을 2장 샀으나 다 꽝이었다. 사흘 뒤 그는 다시 황금돼지 꿈을 꿨다. 그는 옛날과자를 한 봉지 샀다가 과자 쿠폰에 당첨되었다. 사흘 뒤 그는 마지막으로 황금돼지 꿈을 꿨다. 그러나 아무 일도 일어나지 않았다.

문제

어느 한 나라에 문제집이 하나 있었다. 그 책에 나오는 문제를 풀면 그 나라 왕이 소원을 하나 들어주기로 했다. 그러나 시간이 지나도 문제 푸는 사람은 나오지 못했다.

문제는 이것이었다. '너는 무엇인가.'

두 신

아무것도 할 수 없는 신과 모든 걸 하는 신이 만났다. 두 신은 서로를 이해하지 못했다. 시간이 지나도 마찬가지였다. 그래서 두 신은 서로 멀리 떨어져 만나는 걸 삼가기로 했다. 아무것도 할 수 없는 신은 가난한 사람들의 희망이 되었고, 모든 걸 하는 신은 부자들의 신이 되었다. 그리고 사람들이 갈라져 살게 되자 다툼은 조금씩 사라져갔다.

즐거운 강의 시간 3

모든 사람은 죄인이라는 종교 지도자의 말에 한 임신한 여인
이 말했다.

"갓난아이도 죄인입니까?"

종교 지도지는 말했다.

"그렇습니다."

그녀는 바로 그 자리를 떠났다. 종교 지도자는 말했다.

"여러분은 저 사람처럼 죄짓지 않도록 조심하시오."

승려와 소녀

어느 한 가난한 승려는 길에서 굶어 죽어가는 소녀를 업고
와 자신이 기르던 강아지를 삶아 죽을 끓여 소녀를 먹여서 살
렸다.

사또와 도적

병자호란이 끝난 해에 남의 물건을 훔쳐 가난한 사람을 도와준 도적이 잡혔다. 그가 말했다.

"빈손으로 왔다 빈손으로 가는 세상인데 부자에게서 조금 뺏어 가난한 사람 도와준 게 뭐 그리 큰 잘못이오. 하늘 아래 모든 건 주인이 없소. 어찌 자연 만물이 인간 거라고 착각한단 말입니까? 우리가 소유하고 있는 건 몸뿐이고 그 몸도 자연에서 잠깐 빌린 것뿐입니다."

사또가 말했다.

"사람이 모여 사는 데는 약속이 필요하다. 너는 그걸 어긴 죄로 잡힌 거다. 너를 벌하지 않으면 사회기강이 무너져 아무도 약속을 지키지 않을 거다. 그러면 어찌 사람들이 모여 살 수 있겠느냐?"

도적은 다시 말했다.

"무너져야 할 세상이 무너지지 않고 있소."

사또는 도적을 참수형에 처했다.

국가와 전쟁

어느 역사가가 말했다.

"어느 한 나라에 살림은 마땅히 전쟁이 일어나지 않게 하는 게 최선이며, 차선은 전쟁에서 싸워 빨리 이기는 거고, 최악은 전쟁에서 패배하는 거다. 고려시대 서희는 담판으로 나라를 구했으니 가장 위대하고, 조선시대 이순신은 싸워 이겼으니 그다음으로 위대하다. 그러나 가장 주목해야 할 것은 신라와 당나라에 패배하여 나라를 잃은 백제의 의자왕이니, 여러 사람은 잘 알아서 이 나라가 망국의 길을 걷지 않도록 경계해야 한다."

전도

어느 천주교 신부가 길을 갔다. 가다가 어느 사람에게 질문 받았다.

"왜 당신들은 전도를 게을리합니까? 길에 나가 복음을 전파하고 사람을 불러 모아야 하지 않습니까?"

신부는 대답했다.

"나와 내 자매 형제가 올바르게 하느님을 믿고 섬기면 그걸 보는 사람이 믿음을 갖게 되지 않겠습니까?"

한마디 진리

불제자가 되기 위해 절에 가는 소년이 있었다. 소년은 산 넘고 물 건너 물어물어 겨우 절에 도착했다. 소년은 주지 스님께 여쭈었다.

"부처님은 어디 계십니까?"

주지스님은 말했다.

"마음속에 계시지요."

소년은 활짝 웃으며 감사 인사를 한 뒤 집에 갔다. 그 발걸음이 가벼운 게 마치 하얀 구름과도 같았다.

누구나 잘하는 일

어느 학자가 말했다.

"사람이 배우지 않고 잘하는 일이 한 가지 있으니, 바로 자기 자신을 망치는 일이다. 나는 이걸 못하는 사람을 본 적이 없다."

여신상

세상에서 가장 아름다운 여신상을 만들기 위해 많은 사람들이 돈과 시간과 정성을 들였다. 그런데 여신의 얼굴을 어떻게 조각할지 많은 토론과 오랜 논쟁이 있었다. 결론이 나와 여신상이 완성되었고 사람들은 받아들였다. 여신상의 얼굴은 바로 조각하지 않은 상태 그대로였다.

변신

　낮엔 남자가 되고 밤엔 여자가 되는 사람이 살았다. 그녀의 애인은 그를 미워했다. 그와 그녀가 사귄단 소문에 그녀의 애인은 그를 죽이고 자살 기도 뒤 마을을 떠났다. 그리고 3년 뒤 돌아와 조각상을 하나 세웠다. 울 듯 보이는 웃으려 애쓰는 소년을.

도깨비방망이

소원을 들어주는 도깨비방망이를 잃어버린 도깨비가 있었다. 도깨비는 도깨비방망이를 찾아주는 사람에게 소원을 하나 들어주겠다고 했다. 사람들은 비웃으며 방망이를 차지하려고 애를 썼다. 시간이 지나 사람들은 속은 걸 알았지만 때는 늦었다. 벌써 죽음이 찾아와 문을 두드렸기 때문이다.

이해해주는 사람

어느 한 늙은이가 '지혜'에게 질문했다.

"저를 이해해주는 사람이 없습니다. 어떻게 하면 그런 사람을 찾을 수 있습니까?"

'지혜'는 늙은이에게 말했다.

"이미 여기 존재하는 그대 자신을 어떻게 나보고 찾아달라는가?"

가장 소중한 것

    세상에서 가장 소중한 게 있다는 곳은 가기 어려운 곳이었다. 그렇지만 어느 모험가 한 명이 어려움을 이기고 그게 있는 곳에 갔다. 그런데 세상에서 가장 소중한 게 있다는 곳은 바로 전신거울이 있는 작은 방이었다. 그곳엔 이런 글이 있었다. '거울을 보면 나타난다.' 그가 그 방으로 가는 데 걸린 시간은 3년이었다.

43일

생명수

천사가 내려준 생명수를 버린 사람이 있었다. 천사가 물어보
자 그는 말했다.

"엄마를 만나기 위해서입니다."

키스

세상 다 살고 천사들과 가게 된 사람이 있었다. 그는 가는 도
중에 지옥에게 키스했다. 천사들이 물어보자 그는 답했다.
"자살하지 않게 해준 게 고마워 그랬습니다."

사이비 교리

어느 사이비 교주가 말했다.

"빛은 우릴 일하게 하고 어둠은 우릴 쉬게 합니다. 세상에 안 좋은 건 없습니다. 그러니 나누지 말고 생각하십시오. 선과 악, 빛과 어둠, 장점과 단점으로 나누어 생각할 때 죄가 생겨 여러분을 구속하는 겁니다."

아기와 불상

2000년 된 불상이 있는 법당에 갓난아이가 있었다. 불이 나자 노스님은 아이를 구했다. 법당은 잿더미가 되었다.

피해 의식

　어느 호기심 많은 과학자가 있었다. 그는 살면서 억울한 일 당해보지 않은 사람을 찾아다녔다. 그러나 부자나 왕족들에게서도 찾지 못했다. 그는 한 가지 사실을 발견했다. 사람은 누구나 피해 의식에 젖어 산다는 것.

사람

사람이 악한가 선한가를 놓고 많은 논쟁이 있었다. 어느 한 교도관이 말했다.

"사람은 법이 있어야 올바른 행실을 하고, 사람이 많이 모인 국가는 강한 군대가 있어야 다른 국가의 침입을 막을 수 있다. 사람이 선하면 지옥이란 말이 왜 있겠나? 배우지 않은 순수한 사람은 먹고, 싸고, 자는 데 있어 자신의 유리함을 추구할 뿐 다른 건 할 줄 모른다."

첫사랑

어느 사람이 말했다.

"첫사랑에 돌을 던지시오. 그 사랑에 박수 받고 외로움을 울린 사람은 미간을 깊게 할 뿐입니다."

다른 사람이 말했다.

"왜 그래야 합니까?"

그는 대답했다.

"첫사랑은 거울 속에 있으니까요."

에필로그

  사기꾼과 사이비 교주의 출소일이 되었다. 세 사람은 작별했
다. 그러나 아무도 울지 않았다. 끝은 시작, 새로운 인연의 출
발이기 때문이었다. 세 사람은 밖에서 계속 좋은 인연을 맺었
다. 사기꾼은 소설가가 되고 사이비 교주는 시인이 되고 교도
관은 수필가가 되어 성공했다. 그들이 이야기한 49일 밤은 그
들 인생에 있어 잊히지 않는 보물이 되었다.

나를 위하여

시

절

주지스님 마당 쓰는 소리
법당에 내린 마음
아침 발우공양
멀리 있지 않습니다.

주머니

똥 싸기 위해 오늘은
어느 눈물이 그대에게?

태양 나라

태양 나라 문 잠그고 열쇠 부러뜨리네.
난 인생, 네 머릿속에서 나온 존재
눈꽃 꺾어 던지고 밟고 코 킁킁
변기통에 앉은 똥개
개고기 먹는 흰 고양이의
눈물 속 넌 늘 푸르고 푸르며
트림한 뒤 쓰러진 병원은 죽었고
존재는 내게 욕했네.
네 발에 뽀뽀하는 내 입술은 날 안고
한 마리 검은 고양이 새끼의 발장난
대춧빛 얼굴이 본 열두 시, 사형수와 인사
모든 빛은 죽음으로부터니
태양이여 모르는 너의 그 나라 손님은 너다.

밤

해보다 붉은 밤 비둘기는 잔다.
노래하는 수송아지 백금
숨어, 절하는 자들 잡아 와
1분 안에 훈방
넘쳐 부풀어 오르는 방
떠 세수하는 북극성
칼 같은 소년의 하품에
찬 해와 키스하는 새벽
집에 가는 사람들
그는 문 열고 자위하며
눈물 핥아먹고 웃네.

씨

날벼락도 빛이라고
떠드는 소리가
노래하고 또 해도
탄 남자 구두 밑
밟힌 땅의 흙 속엔 씨가 잔다.

바닷가

파도 소리 담아 길고양이 모시고
부자는 다른 내 꿈
유혹하는 건 중노동
외로움 사용하니
어머니와 아비는 떠났고
육체의 교도소와 교도소 사이
드러난 새벽이 얼굴 바꾸는 동안
향해 또 고백하고 무시했다.

유흥가

붉은 네온사인, 구르는 맥주병
거리 덮은 꽁초들
노란 토사물 옆, 술 취한 남자 옆
치마에 물똥 싸며 자는 여자
일요일 아침 구름 다 떠난 하늘과
악수한 쓰레기 산머리
다리 저는 검은 수컷 새끼 길고양이

고향

백색 나라엔 날 훔친 도둑이 여러 여러 명
첫사랑에 웃은 책벌레 소년 민이와
골목대장 순이는 엄마가 되었습니다.
박 할머니 천둥 같은 목소리도 안녕하시고
눈밭 뛰며 핥고 핥는 삽살개 '사탕'
먹고 자는 검은 고양이 '검은콩'까지
모두 어제같이 늘 있습니다.
그대 끼니 때쯤
따끈한 시골 된장국 국물 생각나시거든
언제든 자러 오셔요.

마마보이

귀가하던 토요일 밤
내가 처음 반말한 엄마 생각
어머니라고 부른 적 없고
앞으로도,
집에 와 기일인 걸
딸과 아내와 가짜 딸에게 말 안 하고
방에 가 창문 열고 하늘 봤다.

엄마

내 그림자 위 엄마 신발
땅과 뽀뽀한 500원 동전 3개
떠난 그녀
바지 주머니 꿰맨 뒤
주먹 얼음같이 쥐고 간다.
할 철없는 짓 산 같아.

서쪽 나라

서쪽 나라 해지는 곳 도시에 가면
생각으로 마음 땅에 집 짓고
우리 마음 모아 모아 마을 만들죠.

서쪽 나라 해 지는 곳 도시에 가면
내가 꾸는 꿈속에 내가 피어나
바람 오면 눈 감기고.

서쪽 나라 해지는 곳 도시에 가면
품에 안겨
작게 살짝 피어오르죠.

파란색

파란색이 오지 않는다.
인사해서 매 맞은 숲속
노래가 부르는 노래 들릴 때
꿈속에서 꾼 꿈 하얗게 되고
더 냄새나지 못하게 된
깊은 밤 파란색 잃은 파도들

소망

속마음 읽어줘, 사랑하는 데 거짓 없는 것처럼….

나의 인생

너는 얼마나 죽었나?
그때 나는 정말로 내가 했던 말 대부분을
긍정하였으나, 그것이 진짜로 옳은 말인가?
어제는 나를 사로잡아 시간에 묻고
생긴 무덤 위에서 춤추며 울고 웃었지
1000년쯤 묵은 산삼이라도 감히
흉내 낼 수 없는 불로장생의 약을 다오.
내가 아닌 내가 되고 싶구나.
천사의 얼굴에 똥칠한 용기에 박수를 보내고
죽을 때가 온 걸 알아차린 무사는 낄낄 웃는다.
그 웃음 뒤의 살기는 참으로 아늑하다.
아낙이여 너의 자식을 선물해다오.
그를 강간하고 남자로 만들어 보내리라.
'착한 이기주의자'라는 이름에 덧셈 뺄셈은 필요 없으니
너의 눈에 비친 나의 모습으로 너를 외면하고
그와 동시에 유행 지난 사랑을 되풀이하였네.
사랑이여 모르는 그대의 얼굴에 각시탈을 씌웁니다.
이제 다시는 돌아보지 마소서.
몸 파는 남자는 이 나라의 구세주….
오, 모두 다 거울을 찬양하라.
그것은 위대하고 신비로운 힘이니

더는 그 앞에 유다의 냄새가 나지 않을 것이로다.

그러나 보라, 얼마나 많은 사람들이

삐딱선 타며 '바를 정' 자를 쓰고 자랑을 하는지

백인은 모두의 꿈이고, 나는 불제자인 파계승이라

고기 냄새 속으로 빨려 들어가 만세를 부르며 외쳤다네.

자신을 알고 있는 사람은 나를 힘껏 안아주오!

안아서 연기로 만들어 그대 속과

하늘 속으로 들어가게 해주오.

왜 나는 세상을 내려다보는 무한한 존재가 되고 싶습니까.

나에게 해주는 말들

잡문

1. 정치적 성향은 드러내지 마라.

2. 사람은 어른이 되면 변하지 않는다.

3. 마마보이랑 사귀는 여자는 불행에 빠진다.

4. 친구가 없는 사람과 멀리 지내라.

5. 결혼은 멍청한 짓이고, 애를 낳는 건 더 멍청한 짓이다.

6. 세상은 평등해지지 않는다.

7. 친척은 남보다 더한 남이다.

8. 늘 돈이 없어 보이게 하고 다녀라.

9. 누군가를 도와주는 건 바보짓이다.

10. 나라를 위해 목숨 걸지 마라.

11. 돈이 없다면 사랑을 말하지 마라.

12. 돈이 없는 노인이 인정도 없다면 외톨이가 된다.

13. 종교를 믿으려면 돈이 있어야 한다.

14. 책을 읽지 않는 사람의 미래는 없다.

15. 잘생기거나 예쁜 사람 중 성격 좋은 사람은 없다.

16. 인심을 잃는 건 누구나 할 수 있다.

17. 남을 미워하는 건 피곤한 일이다.

18. 시어머니는 나쁘고, 아주 드물게 나쁘지 않은 시어머니가 있다.

19. 대부분의 아버지는 딸을 사랑하고 아들에게 무관심하다.

20. 돈이 없다면 사람대접 못 받는 건 어디나 마찬가지이다.

21. 대부분의 어머니는 자식들을 다 사랑한다.

22. 권력을 가진 자는 반드시 피를 본다.

23. 애를 낳는 결혼은 남자에게 지옥이고 여자에게 무덤이다.

24. 고등학교를 졸업 못 한 사람과 진실한 대화를 하지 마라.

25. 학교 선생 말을 잘 듣는 게 정답은 아니다.

26. 똑똑한 것과 예의 바른 건 다르다.

27. 공평한 건 죽음뿐이다.

28. 나이가 많다고 어른인 건 아니다.

29. 정치인을 믿지 마라.

30. 술 담배를 좋아하는 사람을 멀리하라.

31. 누구나 겉과 속은 다르다.

32. 십 대와 싸우지 마라.

33. 책임질 일을 만들지 마라.

34. 과거는 소중하고, 현재는 고달프며, 미래는 보이지 않는다.

35. 이기적인 건 부끄러운 게 아니다.

36. 모든 일에 정해진 때는 없다.

37. 남을 고치려 하지 마라.

38. 나쁜 친구를 사귀느니 외톨이가 돼라.

39. 착한 사람은 없다.

40. 공놀이는 프로 선수를 빼면 인생에 도움이 되지 않는다.

41. 남 욕 잘하는 사람과 사귀지 마라.

42. 부자에게 얻어먹지 말고, 가난한 사람에게 꿔주지 마라.

43. 운전은 위험하다.

44. 종교에 빠진 사람을 조심해라.

45. 폭력적인 사람과 만나지 마라.

46. 자식을 때리는 건 폭력이다.

47. 차별하는 사람과 사귀지 마라.

48. 좋은 시어머니는 죽은 시어머니다.

49. 직업이 좋은 여자는 결혼하지 마라.

50. 가난한 친척의 갑작스러운 연락은 받지 마라.

51. 애를 갖기 위해 결혼하는 여자는 바보다.

52. 남자는 성욕의 노예다.

53. 개인주의와 이기주의는 같은 말이다.

54. 남의 잔치엔 가는 게 아니다.

55. 모든 죽음은 고독사이다.

56. 죽은 다음 일을 걱정 마라.

57. 남의 종교를 말하지 마라.

58. 욕하는 습관을 가진 사람을 멀리하라.

59. 사과하지 않는 사람을 용서 마라.

60. 잘나가는 사람은 못나가는 사람을 무시한다.

61. 제일 바보짓은 돈을 빌려주는 거다.

62. 가까이 있는 사람을 존경할 수는 없다.

63. 친절한 사람을 조심하라.

64. 비웃는 사람과 사귀지 마라.

65. 사회는 정의롭지 못하다.

66. 학교는 사람을 쉽게 망친다.

67. 유치원에 다니는 건 낭비다.

68. 국적은 바꿔도 목숨은 그럴 수 없다.

69. 기술과 인문학을 천시하는 나라는 후진국이다.

70. 야심가와는 멀리 지내라.

71. 친구가 없는 건 부끄러운 게 아니다.

72. 가장이라는 말은 성 평등에 어긋난다.

73. 원수가 망하길 비는 건 당연하다.

74. 사설학원은 공교육의 적이다.

75. 이혼을 말리지 마라.

76. 죽은 사람을 욕하는 사람은 바보다.

77. 학위를 따려면 선생 말을 듣고, 지식을 얻으려면 책을 읽어라.

78. 정치가 모든 걸 해결하지는 못한다.

79. 무식한 사람은 자신의 무식함을 모른다.

80. 충고는 쓸데없는 짓이다.

81. 시어머니랑 잘 지내는 것은 불가능하다.

82. 효자의 결혼은 사회악이다.

83. 예습을 권하는 교육은 죽은 교육이다.

84. 경쟁만이 있는 사회는 추하다.

85. 군인을 무시하는 나라는 미개하다.

86. 스스로 얻지 못한 자유는 자유가 아니다.

87. 칼 들고 덤비는 강도는 총으로 쏴 죽여야 한다.

88. 사람의 적은 사람이다.

89. 호랑이가 죽으면 개들이 짖어대는 법이다.

90. 예술은 가르칠 수 있는 게 아니다.

91. 세상에서 잘나가는 사람은 악마다.

92. 결혼식은 코미디 쇼다.

93. 부잣집 애들은 건방지다.

94. 종교를 가진 사람이 많은 사회는 불행하다.

95. 아버지란 단어는 사라져야 한다.

96. 가문을 중요시하는 사람은 구시대의 퇴물이다.

97. 명품은 속 빈 강정이다.

98. 부자는 부자만 본다.

99. 종교는 가난한 사람을 구원하지 않는다.

100. 세상은 지옥이다.

101. 자신보다 소중한 건 없다.

102. 남자와 결혼하는 여자는 멍청하다.

103. 남자는 여자보다 정신적으로 열등하다.

104. 종교를 가지느니 과학자의 발바닥을 핥아라.

105. 외모지상주의가 판치는 나라의 사람들은 대부분 머리가 비어있다.